LE LIEUTENANT-COLONEL CHENET

LA PRUSSE

ET

LA RUSSIE

RÉPONSE A LA BROCHURE

LA PRUSSE EN ORIENT

> Je vois encore un noir nuage
> Poussé par la *bise* du *nord*.
> *Latius*, pour dissiper l'orage,
> Il faut de *rapides* efforts !

PARIS

AMYOT, LIBRAIRE-ÉDITEUR

8, RUE DE LA PAIX, 8

1871

LA PRUSSE

LA RUSSIE

Une brochure m'est tombée sous la main, son titre : *La Prusse en Orient. Plan Bismark,* m'a vivement intrigué ; je me suis empressé d'en faire une minutieuse lecture. L'auteur anonyme de cet opuscule me paraît avoir des idées un tant soit peu erronées ; aussi me suis-je décidé à tracer ces quelques pages, pour dire ce que je pense de cette grave question.

Aujourd'hui que tout le monde ose écrire, bien des livres paraissent ; les uns remplis d'élucubrations, d'autres bourrés de diatribes contre le *croquemitaine* GUILLAUME, contre les Allemands, et les Prussiens en particulier, et surtout contre le *sardonique* BISMARK.

Tout cela n'est à mes yeux que phrases et lieux communs ; les lieux communs semblent être depuis quelque temps très-goûtés de nos compatriotes : *L'Empire, c'est la paix, le cœur léger ; pas un pouce,* etc., ont amusé pendant quelques mois, les auteurs, la presse et les lecteurs.

J'ai vainement cherché dans ce déluge de productions fraîchement écloses, je n'y ai vu que des rasades, des cris de haine légitime, je l'avoue, mais rien que des cris de haine cependant ; la passion et le persiflage ne sont pas de nature à enfanter une conviction.

La petite brochure anonyme que j'ai sous les yeux semble émaner d'un homme qui pense, mais d'un homme faiblement renseigné sur ce qui se passe au-delà des frontières ; *hic erat locus.*

Essayons de raisonner un peu, et de dire ce que nous pensons, dans notre jugeotte, du Machiavel contemporain.

Si nous oubliions un instant que nous sommes Français, nous ne pourrions nous empêcher d'admettre que M. de Bismark est un grand patriote *allemand.* L'idée qu'il poursuit, avec un talent incontestable et, ce qui vaut beaucoup mieux, avec une indomptable *constance,* s'appelle l'UNITÉ ALLEMANDE.

La Prusse, depuis le règne de Frédéric-le-Grand, avait tout disposé pour l'exécution d'un si vaste dessein ; elle n'attendait que son *Messie :* les circonstances le firent naître. — Bismark entreprit la chose. Rien ne lui manquait. — Son pays était une caserne, ses concitoyens des soldats. Il demanda à *l'acier* ce que souvent les monarques décrépits demandent à l'or.

La première tentative fut la guerre contre le Danemark, pour distraire de cet État le duché allemand du *Holstein.* Ce premier pas vers l'unité allemande fut fait de concert avec l'Autriche, qui primait alors dans la Confédération germanique. On fit jouer à cette puissance, dans cette première expédition, le rôle de *paravent,* pour ne pas trahir les secrètes pensées que caressait avec tant d'amour le cabinet de Berlin.

Quelque temps se passe et, pendant cet intervalle, semblables aux soldats de Cyrus, qui se préparèrent silencieusement à engloutir les États de l'Asie-Mineure dans l'immense monarchie persane, — la Prusse met tout en œuvre pour changer ses aspirations en réalité. — L'Europe entière est inondée de Prussiens. — Sous la défroque de gens de la plus infime qualité, des officiers de tous grades surveillent tout, voient tout, étudient les lieux, les chemins, les ressources de leurs futurs ennemis.

Chez elle, la Prusse exerce ses soldats, endurcit les hommes au dur métier des armes, pendant que la science approfondie lui donne le fusil à aiguille, le canon en acier fondu Krup; un service *d'intendance* et des *intendants* — ce qui nous a toujours manqué.

En l'année de grâce 1866 tout était prêt : — pour entrer en lice cette fois, il fallait mettre bas le masque. — Mais pour assurer l'issue de l'entreprise, il fallait un appui..... car on allait ouvertement rompre l'équilibre européen. — Le point d'appui est trouvé. Avec un point d'appui je soulèverai le monde, disait Archimède. — Avec mon point d'appui je bouleverse le monde, se dit la Prusse. — L'unité allemande n'est plus un mystère. — L'Autriche *caduque* est culbutée..... le triomphe de Sadowa a pour conséquence la catastrophe des petits États allemands, qui s'évanouissent en grande partie dans le sein immense de la nation qui se révèle.

C'en est donc fait, dis-je, de l'équilibre européen, et personne en Europe n'ose arrêter ce torrent de conquérantes prétentions, pas même la France, alors épuisée par sa désastreuse expédition au Mexique; le point d'appui de la Prusse devait donc être bien ferme et bien puissant !...

Un grand effort venait d'être fait; — mais il restait beaucoup à faire... — Qu'on ouvre la carte, qu'on la consulte, on verra que l'unité allemande n'était pas encore consommée : toute la partie allemande de l'empire d'Autriche, toute la partie allemande de la Suisse, je dirai même de la Russie, étaient soumises à d'autres lois que celles de la Prusse. — La Prusse aurait pu sans peine continuer son œuvre, car l'Autriche était démoralisée, son infanterie armée de fusils à pistons : le fer était on ne peut plus chaud, encore un coup, et la grande idée était une formidable réalité.

Ici, le point d'appui faillit manquer à l'*ambitieuse*..... Celui qui offrait un si ferme soutien ne travaillait pas *pour le roi de Prusse*..... le dé-sintéressement n'existe point dans notre siècle de lumières !

La Prusse n'avait jusqu'à ce jour que labouré son champ, il fallait qu'elle fît quelque chose pour celui qui lui servait de contrefort. Une nation militaire gênait considérablement son occulte protecteur.....

Mais, dira-t-on, la France doit à la Lorraine allemande et à l'Alsace l'invasion des UNITAIRES... Oh ! non — la France doit au point d'appui de la Prusse la guerre de 1870-1871. Le protecteur de la Prusse a un appétit beaucoup plus grand que sa protégée. — Pour assouvir cet insatiable appétit, il fallait réduire à l'impuissance l'uni-que nation qui lui offrait un obstacle. — La Prusse a bien voulu seconder ces calculs pour consolider ses propres conquêtes... — La France est vaincue. Notre belliqueux pays n'a d'autre pensée, pour le moment, que de reconquérir par les armes ce que par les armes il a perdu. — Son armée est à refaire. — Son organisation à remanier. — Ses partis luttant les uns contre les autres l'affaiblissent de jour en jour et la mettent dans l'impossibilité d'agir à l'extérieur jusqu'à nouvel ordre...La Prusse prime, mais son triomphe dépend maintenant plus que jamais... de la solution DE LA QUESTION D'ORIENT.

Elle surgit une fois encore, cette grave ques-tion d'Orient! Plus que jamais nous pouvons constater ici l'acharnement et la constance que mettent les hommes du Nord à poursuivre le but qu'ils se sont proposé.

La chute de Sébastopol n'avait qu'ajourné la solution de cette question, mais... elle commence de nouveau à poindre à l'horizon.

Les hommes du Nord n'ont pas balancé sur les moyens à employer. Ils ont été admirablement secondés par la force brutale des armes, par la trahison et par l'influence néfaste de l'Internationale, dont n'offre aucun symptôme leurs populations instruites, mais toujours barbares, c'est-à-dire pliées sous le joug, tandis que nos cités, nos classes ouvrières, aussi bien françaises, qu'anglaises, espagnoles et italiennes, doivent à leurs aspirations libérales d'être travaillées par le ver rongeur de cette internationale qui tend à bouleverser les bases de toute société.

La Russie, puisqu'il faut enfin la nommer, malgré ses cajoleries et ses pattes de velours, est dans la joie, car elle croit n'avoir plus à redouter la puissante intervention de la France. Qui pourrait désormais arrêter l'ambition de ce nouvel acteur qui va bientôt peut-être envahir la scène politique, jeter le masque à son tour, et afficher ses prétentions sur la Turquie, les Indes, sur l'Asie entière ?

La France ? La Prusse la tient en arrêt, d'une part, et d'autre part, les dissensions intestines la minent ?

L'Italie ? Elle a sacrifié ses sentiments de gratitude à la solution de la question romaine.

L'Angleterre? Elle se laisse volontairement ronger le sein par le cancer de l'Internationale, et les troupes dont elle dispose suffisent à peine pour contenir la fermentation de sa population manufacturière. Elle ne peut disposer que de vaisseaux, *et l'on peut aller dans l'Inde par terre.*

L'Espagne? Son orgueil n'est que trop flatté d'avoir servi de prétexte à nos récentes catastrophes.

La Suisse? Elle veille du haut des cîmes de ses montagues : car elle sait que plusieurs de ses cantons sont allemands.

Et qui donc pourrait conjurer l'orage?

L'énergie et l'entente de la France, de l'Angleterre, de l'Italie, de l'Espagne, de la Suisse et de toutes les races latines.

Jusqu'ici on n'a rien osé pour contrecarrer l'œuvre de démolition de l'équilibre européen. Semblables à de vieilles femmes craintives, tous les cabinets se sont dit : Si nous prêtons un soutien à la France, **la Russie marche...** Et l'on est resté dans une fatale inaction.

Si les puissances de l'Europe occidentale observent encore cette ligne de conduite, la Prusse reculera ses frontières jusqu'à l'Adriatique, et derrière cette formidable barrière, la Russie fera ses PETITES AFFAIRES, sans se soucier des impuissantes vociférations de nos pays épuisés matériellement par l'Internationale et moralement par la discorde des PARTIS.

La vieille Angleterre, semblable à Rachel qui pleurait parce qu'on lui avait ravi ses enfants, fera entendre de stériles plaintes... Son égoïsme éloignera d'elle ceux qu'elle a abandonnés, et dont les efforts lui manqueront pour sauver son échafaudage qui s'écroule : elle se trouvera alors en face de son *self.*

La Russie marche donc d'un pas lent, mais sûr, vers son but. A l'heure présente, bien des obstacles se sont aplanis ; depuis quinze ans elle a patiemment réorganisé son armée, elle a sillonné son territoire de voies ferrées qui lui permettront à un moment donné de concentrer en cinq jours une innombrable armée aux extrémités de son vaste empire, sans avoir à s'occuper de ses derrières gardés par l'arméé prussienne.

Sa flotte ne le cède pas pour le nombre de ses vaisseaux à celle de la plus grande puissance maritime de l'Europe occidentale, et si sa flotte était insuffisante, la flotte américaine ne lui ferait pas défaut, car la vente simulée de l'*Amérique-Russe* cache une certaine entente qui ne doit pas échapper à tout homme clairvoyant. D'ailleurs, le fait suivant, qui a un instant ému notre diplomatie, donne jusqu'à une certaine mesure du poids à notre dire :

L'amiral Faragut ayant, il y a deux ans, relâché à Constantinople, donna un grand banquet, à bord du *Franklin,* à tout le corps diplomatique. A la fin du repas, l'amiral porta un toast à l'Amériqne et à la Russie **seulement**.

Ce fait est assez éloquent pour que nous nous dispensions d'ajouter nos commentaires.

Ainsi donc, il est grandement temps de prendre les devants et de ne pas nous laisser surprendre. Si nous avons devant nous un ennemi gigantesque, nous pouvons, grâce à l'entente, lui opposer une résistance invincible. Les forces cooalisées des puissances occidentales pourraient mettre en ligne plus de cinq millions d'hommes. Les flottes française, anglaise, italienne, espagnole et turque arrêteraient l'invasion du Nord, malgré l'appui des Yankees. Et cela ferait diversion aux velléités communardes.

La Turquie serait la sentinelle avancée pendant cette guerre de géants.

Les Français excellent à ne rien savoir de ce qui se passe à l'étranger. Ils s'imaginent, dans leur insouciance, que la Turquie ne mérite pas une place importante dans un conflit. aussi colossal. Qu'on nous permette deux mots sur cette nation.

On se fait généralement une fausse idée de l'armée turque. Cela tient à ce que Français, Anglais et Piémontais nous l'avons vue en 1854, dans un triste état, non pas comme bravoure, certes, mais comme organisation.

Dix-sept ans se sont écoulés depuis cette époque, et aujourd'hui, grâce au génie et à l'indiscutable talent d'organisation du ministre de la guerre Huseïn-Avni-Pacha, l'armée turque doit passer pour une des meilleures de l'Europe.

Passons-la rapidement en revue :

Le Turc est brave, et pour augmenter cette bravoure naturelle, il a la conviction qu'il puise dans *le Coran* que s'il est tué en combattant, il va droit au paradis de Mahomet.

Il est sobre; par sa constitution robuste il supporte les plus grandes fatigues. Sa religion lui défendant les boissons alcooliques, il n'est pas sujet au vice de l'ivrognerie, une des plus grandes plaies des armées.

Obéissant, parce qu'il est dès son jeune âge rompu à l'obéissance, on n'a jamais à réprimer l'indiscipline.

L'infanterie est excellente; elle est armée du fusil Schnider; son équipement est léger et bien ajusté, son habillement ressemble à celui des zouaves.

Leurs manœuvres à la française se font avec régularité et célérité.

La cavalerie régulière est médiocre ; mais elle a pour auxiliaire la cavalerie irrégulière (bachi bouzouks), qui est une excellente cavalerie d'éclaireurs et d'avant-garde ; elle remplit à l'armée turque le rôle des cosaques à l'armée russe et des uhlans à l'armée prussienne. Cette cavalerie hardie, montant bien à cheval sur de petits chevaux robustes et sobres, commandés par des chefs choisis parmi les plus braves et les plus intelligents, est une excellente troupe pour éclairer et faire des coups de main.

L'artillerie est superbe, organisée depuis plusieurs années par des officiers prussiens (*instructeurs*). Elle est formée en régiments, divisés en batteries.

Les pièces de campagne sont en acier, se chargeant par la culasse.

L'artillerie de montagne est légère et maniable.

L'artillerie de siége commence à avoir les canons Krupp.

Les instructeurs prussiens, jusqu'au grade de colonel, n'ont aucun commandement. Les officiers d'artillerie des cadres actifs sont tous Turcs. Ils ont fait leurs études dans les écoles militaires de Vienne et Berlin; quelques-uns à l'École d'application de Metz.

Le génie n'a pas assez de pratique, car on abuse des officiers du génie (ingénieurs) en les distrayant du génie militaire pour les employer comme ingénieurs civils, c'est un tort.

La marine, sous la direction savante de l'amiral en chef et de Hobart-Pacha, a fait des prodiges de progrès.

La flotte cuirassée turque est une des plus belles de l'Europe.

Les officiers supérieurs de marine laissent en général à désirer, bien que depuis quelques années de brillants élèves soient sortis de l'École de marine de Constantinople; mais le jour où une guerre éclaterait, Hobart-Pacha saurait bien trouver de bons officiers savants et expérimentés dans la marine anglaise pour commander ses puissants monitors et ses magnifiques frégates cuirassées.

L'armée turque est composée exclusivement de mahométans; elle a été jusqu'à ce jour plutôt l'armée du prophète qu'une armée nationale.

Nous apprenons que Huseïn-Avni-Pacha aurait obtenu d'y faire entrer les sujets turcs chrétiens. Cette mesure, si elle est adoptée, fournira à l'armée turque un riche élément de braves et intelligents soldats.

Voilà l'exposé de la situation militaire en Turquie.

Ainsi Bismark a un plan, mais ce plan est soumis à celui de la Russie, dont l'exécution entraînerait fatalement la perte non-seulement de la France, mais encore celle de toutes les puissances occidentales.

L'unité allemande consommée serait notre arrêt de mort.

Le monde entier ne compterait plus que trois puissances :

La Russie, maîtresse de la moitié de l'Europe et de l'Asie;

Les États-Unis d'Amérique s'étendant jusqu'au cap Horn;

La Prusse, comprenant dans ses frontières tout ce qui parle la langue allemande est certainement un jour exposée elle-même à être envahie par la race slave, car quelques provinces russes sont allemandes, et l'ambition peut tourner la tête au *sage* Bismark.

Il est temps et grandement temps de faire quelque chose, si nous voulons vivre.

Voilà pourquoi, nations occidentales de l'Europe, je vous répète aujourd'hui ce mot que Caton disait sans cesse au Sénat :

Delenda est Carthago.

Et nous, Français, plus de vaines paroles, il faut agir. Que de temps perdu ! que de ressources gaspillées ! Allons, cessons d'être un peuple léger, mettons de côté les questions secondaires et faisons comprendre à la Prusse et à la Russie surtout que notre puissance militaire n'est pas anéantie, et que si on a ravi à la France des monceaux d'or et deux belles provinces, il lui reste encore de l'or, du fer, de bons bras et de nobles cœurs qui sauront revendiquer ce qu'on lui a arraché par **SURPRISE.**

Paris, le 22 août 1871.

Paris, imp. Balitout, Questroy et Cᵉ, 7, rue Baillif.

www.ingramcontent.com/pod-product-compliance
Lightning Source LLC
LaVergne TN
LVHW010254030726
842520LV00007B/2934